달과 지구 아내와 나

문학들 시인선 022

한종근 시집

달과 지구 아내와 나

문학들

시인의 말

우리의 시간은 제각각 더워지거나 식어간다
나도 사고는 진보적이나 생활은 보수적이다
시간이 서로 지나며 묻어난 뜨거움이 번지면
달라진 온도처럼 사고와 생활이 자리를 바꾸기도 한다
더운 시간 속 어머니의 숨소리는 내가 움켜쥔 밧줄이었다
차가운 시간 속에서 아내의 숨소리가 나를 보듬어준다

한종근

차례

제3부 로드킬

제4부 청보리 한 움큼

제1부

어머니

부재

잠에서 깨어 물을 마신다
불안이 식도를 타고 올라온다

쥐눈이콩처럼 누운
어머니의 발은 아직 따뜻하고
가만히 주름 많은 이마에 입을 맞춘다

몬트리파크에선 이제 막 점심을 먹었고
이곳은 적막에 잠겨

서로의 기척이 서로를 위로한다

다시 살아나는 보일러처럼
집이 부르르 용을 쓴다

대문산목욕탕에서

전생에
아내는 어미곰
나는 새끼곰이라고 했다
전생의 어미와 엄마를 따라
목욕탕에 갔다
여탕에서는 어미가 어머니를 씻기고
더운 시간 속에서 나는 목만 내밀고
뿌연 탕 안을 둘러본다
벗은 몸으로 목욕탕을 오가는 사내들은
시간을 불리며 때를 기다리고
심판대 위 살찐 사내는 시신처럼 누워
지난 삶을 벗겨내고 있다
거죽이 하나씩 벗겨질 때마다
사내는 벌겋게 달아오르고
팬티를 입은 때밀이는 홀로 비범하다

며칠 전에
응급실에 실려 갔다
결석이 신장과 방광의 중간쯤에 박혀 있었다

사리는 수행자만 만드는 게 아니다
곰은 캄캄한 동굴 속에서 삼칠일을 견뎌
사람이 됐고
나는 칼슘 돌멩이가 오줌길을 통과하는
고통을 견디며
늙은 엄마의 몸속에는
사리가 몇 알쯤 있을 것이라 생각했다
차가운 시간에 몸을 담그면
숨은 사리를 찾으려는 듯
선뜩한 시곗바늘이 몸을 찌른다
껍데기를 벗기면 세상 사람이 다
똑같아진다는 것을
자신에게 벌거벗은 몸을 맡긴
시어머니의 거죽을 한 꺼풀씩 벗겨내면서
실감할 것이다 아내는
어쩌면 수십 년 뒤의 아니면 이전 그 이전의
자신을 보고 있을지도 모른다

지금

아내도 때밀이처럼
멋있게 팬티 한 장 걸치고
비범한 모습으로 서 있진 않을까
시간에 불어 흐물거리는 손으로
나는 어디까지 벗을 수 있을까
발가벗겨지다가 뼈만 남을까 두려워
감히 심판대에 눕지 못하고
달아오른 채 마냥
더운 시간과 찬 시간을 헤매고 있다

어머니

사과를 갈아서
삼베에 밭친다

깨물어 안 아픈 손가락 없다고 했는데
그 손가락 열 개가
사과를 쥐어짠다

열아홉 소녀 같은
하얀 속살의 사과가

단물 쪼옥 빠지고
갈변해
쭈그렁 망태기로 남는다

연화마을의 여름밤

앞산을 타던 소쩍새 울음
고추밭 이랑 지나 멀어지는데
텃밭 고랑 맴돌던 숨소리가
대숲 지나온 바람처럼 서걱거리며
안방에서 건너온다

커서는 모니터 안에서 깜박이고
손가락은 키보드 위에서 졸고 있다
뜨거워진 머리 식힐 쿨링팬이 없는 나는
지끈거리는 이마를 짚고 매미같이 울어대다가
이명 속으로 자맥질한다

혼자 누운 방에 웅크린 세월
맞들어줄 손 없이 신산한 오십 년
탈각할 때가 온 건지 발꿈치에 실금이 갔다
날카로운 어둠 저리 깊었나, 엄마
금이 터지면 속살 하얗게 불거지자
그림자 없이 우화하지 말고 목화솜처럼 포근하게

수면이 점점 멀어져 아득해갈 때
희미해진 안방 숨소리가
뒷산 대숲에 청죽처럼
힘들 때마다 제 마디를 딛고 일어선다

귀울음에 빠져 한없이 가라앉다가
늙은 엄마의 숨소리를 붙들고
뭍으로
겨우 기어오른다

하늘을 짊어지다

어라, 저기 앞에
시장바구니 살랑거리며 걸어간다

아무나 펼칠 수 없는 신공

땡볕에서 머릿수건 꽤
쓰고 살았다는 증표

부푼 배로 밭일하다가 산통을 느끼고
얼른 집에 와 문고리 잡아 달으며 몸을 풀 수 있어야
보일 수 있는 공력

남편의 빚보증 상환하며
여덟 자식 먹이는 것은 일도 아니고
화병으로 누운 몸 병시중까지 해내야
닿을 수 있는 경지

허리가 굽어 ㄱ자
꼬부랑할머니가 걸어간다

칭얼대던 아이가 지쳐 잠든 후에도
내일 팔 오뎅을 꼬치에 끼우거나
곰돌이 인형에 눈을 붙이려 쪼그리고 집중하는
세월을 수십 년쯤 보내야
비로소 내디딜 수 있는 저 발걸음

함부로 발휘했다가는 허리가 끊어진다는
저 신공으로 아무렇지 않게
얼뚱애기 업은 듯이
하늘을 통째로 업었구나

무겁지 않은지 선들선들 잘도 간다
동네 한 바퀴 산책하러 나간 울 엄마도
구절초 하얀 꽃잎처럼

푸른 하늘 업고 오시겠다

부처와 예수, 그 사이 늙은 엄마

일요일
아침과 한낮의 사이에
늙은 엄마의 방을 쓴다
살비듬이 허옇게 쌓인다

경대 옆에 있는 십자가를 닦다가
어떤 할머니 몸에서
사리가 나왔다는 기사가 생각났다
어쩌끄나
우리 엄마 팔십 년간 부처님 전에 바친 공덕 아까워라

구십 레벨짜리 삶의 부스러기들
쓸어 담다가 코끝이 찡하고 곤두서
머리카락까지 뻗친 나는

말끔함과 지저분함의 칼날 같은
경계 위에 올라선다

깨끗해지려면

더러운 것을 가까이해야 하고
더러운 것을 쓸어내면
깨끗한 것도 쓸려나간다

언제부터 알았을까 엄마
부처님도 잡지 못하는 레벨

구절초처럼 피고 싶어
예수님께 기도하며
날마다 허물 벗고 있구나

훙훙거리며 늦은 아침을 먹는다
사리마저 다 버리는
아흔셋 우리 엄마

늙으믄 물팍이 귀를 넘는다

경전을 읽듯이 밥을 먹는다
묵주를 굴려 가며
기도하는 것처럼 어머니
콩을 이리저리 굴려 가며
밥알을 씹는다

쌀을 씻다 헹굴 때
대개 가벼운 것들이
물 따라 떨어지지
품 떠난 자식처럼

늙으면 무릎이 귀를 넘어간다더니
무릎 사이에 귀를 묻고 쪼그려 앉아 중얼거린다
너무 고맙게 해줘도 서러운 법이여

텃밭 김매기 그만두라는 말
귓등으로 들으며 호미질하는 굽은 등
김매다 만난 민들레 닮았다
민들레

씨앗 다 날아가고 꽃받침만 남은

떨어진 쌀알들 물에 불려 찌면
이것들 함께 익어
고실고실 하얀 김을 내겠지

어머니는 내 말 안 듣고
보온 밥솥에 넣은 밥을 기어이
복개 덮어 이불 밑에 넣어둔다

가까이 있던 것들 하나씩 떠나고 없을 때
굽은 등 그 안쪽에
무엇을 품고 있는지 알 수 없다

모르는 사람은 모른다

해바라기가
해를 바라보는 것은
해가 그리워서가 아니다

할미꽃이
자줏빛으로 물든 것은
젊음이 그리워서가 아니라
허리 굽어 얼굴이 땅을 향할수록
머리에서 등허리까지 백발이 성성할수록
자식 보고 싶은 마음 사무쳐
붉기 때문이다

망백인 할머니가
어버이날 고운 한복 꺼내 입는 것은
애들처럼 때때옷을 입고 싶어서가 아니다

문안 대신 계좌로 보내온 십만 원 치사하겠다고
연결되지 않는 전화에 귀를 묻는 것은
용돈이 고마워 인사하려는 것이 아니다

냉동실에서 꺼낸 삼겹살 뭉치를 싱크대 위에 올려놓은
것은
　헛헛한 속에 고기를 먹고 싶어서가 아니라
　어미 잃은 외손녀들이 지들 어미 보고파
　행여 오면 먹이려고

　고것들 꽁꽁 언 살 녹이는 것이다

닻줄

고양이 우는 소리에 정신이 들었다
목이 따끔거린다
눈이 아픈 것이 열이 있나 보다
볕이 잘 드는 곳은 더러 흙바닥이 드러났지만
아직 마당의 태반이 눈에 덮여 있다
밤부터 내리던 송이눈이
싸락눈 되어 흩날린다

마당에 쌓아놓은 통나무 더미가 눈을 덮어쓰고
삿대를 드리운 배처럼 누워 있다

등을 괴고 기대 누운 늙은 엄마의 손에
얼굴을 묻었다
가볍고 앙상한 몸인데 손은
내 한쪽 뺨이 폭 안길 만큼 크다
앉아 있을까
고개를 젓는다
요새는 나를 깜박 잊기도 한다

세상의 기억들과 연결된 줄 다 버리고
나 하나 겨우 붙잡고 있으면서
이제 그마저 필요 없게 되었나
육신은 빈 배처럼 여기 남겨두고
물 빠진 갯벌을 떠나 어디로 가려는 걸까
나마저 잊으면 다시 못 볼 것 같아 서러워
볼 때마다 확인한다

내가 누구야

온기

늙은 엄마의 발을 쥐어보고 조용히 나왔다

대청마루 기둥 거미줄에 날벌레 몇이 매달려 있다
이것들 설마 외등이 따뜻해서 모여든 것은 아니겠지
아랫집 굴뚝에서 연기가 오르고 나도
아궁이에 불을 지핀다

장작은 그냥 타지 않는다
뜨거워진 몸속에서 수분이 증발하며
나이테 밖으로
지글지글 끓다 기화되어 불이 붙는다
그렇게 검게 말라가며 활활 타올라 온기를 만든다

타고 남은 흰 재를 부추밭에 뿌리면
부추꽃으로 하얗게 환생한댔지
텃밭에 부추를 심어야겠다

길고양이가 새끼들과 뽀짝 붙어 앉는다
아궁이 속에서는 장작이 타닥거리고

고양이들은 고로롱거리며 눈을 감고
안방에서는 늙은 엄마의 기척이 들려온다

손에 남은 온기가 포근하다

무생채를 무치려다

채칼에 무를 민다
밀 때마다 무는
강판과 채칼의 틈새만큼
닳아간다
무가 거의 사라질 무렵
손끝의 서늘함에 숨을 멈추면
강판 아래에는
무의 무게만큼 무채가 쌓인다

늦은 나이에 교수가 된 변 선생
구두 뒤축이 닳았다
몸을 쓴 쪽으로 마음 따라
그도 기운다
닳아진 뒤축은
시골집 장독대 옆에 쌓여
정화수와 나란히
흰 민들레로 핀다

마당을 걷는

늙은 엄마의 보폭도 닳아
반 발자국의 길이만큼 줄었다
줄어든 보폭만큼 마당은 넓어져
반 발짝만큼씩
더 오래 볼 수 있다
지팡이랑 또박또박 저녁놀을 밟다가
영산홍 옆에 쪼그리고 오줌을 눈다

뜨끔한 내 손가락 끝에는
채칼에 썰린 살의 두께만큼
핏방울이 맺힌다

산벚꽃이 필 때

대청마루에 앉으면
보이는 산벚꽃 한 그루
올해도 참 환하게 피었다
앞산의 저 꽃이 다 지기 전에
콩을 심어야 한댔지

텃밭에 상추씨 뿌리고 난 뒤
지난 기억 붙잡고 있을 때
마침 비가 내리고
창밖에서 눈 마주친 고양이가
처마 아래 앉아 털을 고른다

대문을 나서며 앉았던 자리에 눈길을 주고
안산에 올라 누웠던 자리 눈에 담아도
산그늘이 마당에 드리우거나
석양 놀이 산마루를 물들일 때면

당신 손안의 온기 그리워
구들방 데우려고 불을 지핀다

산벚꽃 하얀 꽃잎 다 질 때까지
매운 연기 마시며 눈물 흘린다

냄비 세트

어미 죽을병인 줄 모르고
제 컴퓨터 살 돈으로
영양제 사 온 어린 아들과
약 사 온 것을 나무라는 엄마가
나오는 영화를 봤다

이별하고 나면
못 해준 기억 때문에
마음 아프다더니

나는
늙은 엄마가 며느리 주려고
행상에게 냄비 세트 비싸게 산 것을
못마땅해서
항상 마음 아프다

코팅이 벗겨지도록 쓰다가 바꾸고
지금은 그 냄비마저 없다

없어서
사과할 수 없어서
목에 가시처럼 박혀
따끔거린다

제2부

달과 지구 아내와 나

노란 칫솔

아내의 오 일짜리 출장이 끝나는 날

사흘 묵힌 청소를 마치고 몸을 씻는데

욕실 창가의 노란 칫솔이

하얀 이 드러내며 웃는다

아내 생각

밤새 개가
제집 긁어대는 소리 들으며
잠들었다가
지붕에 떨어지는
빗소리에 깼다

방문을 열었다

앞산은 숲의 다 못한
이야기들을 모아
안개처럼 피워 올리고
미루나무는 산 한쪽에 서서
말없이 바라본다

마당에 고이는 빗물이
고랑을 내며 흐른다

개는 제집에서
코만 내놓고

늙은 엄마는 안방에서
배만 내놓고
나는 방 밖으로
생각만 내밀고 두리번거린다

서늘한 동창부터
뒤안과 마당을 돌고
빈 대청을 지나
식은 주방과 장독대까지

춥다
지구 반의반을 돌아서 간 곳
부르크베르크에도 비가 내릴까

창인당

강판 지붕 위로 비가 달리고
아궁이 옆에 붙어 눈을 감은 고양이가 고로롱거린다
자리 뺏긴 놈이 울며 걷다 밟은
오래된 마룻장 덜컥이는 소리에
아내가 물 불은 미역처럼 미끄러지는 잠꼬대를 하고
나는 귀울음 속에서 지붕에 떨어지는 빗방울을 센다

중학교 졸업하던 밤 단조로 울리는
엄마의 코 고는 소리를 세고 또 세었다
이명으로 머릿속이 파도를 타듯 멀미할 때
엄마의 숨소리는 내가 움켜쥔 밧줄이었다
지실아짐네 닭이 울고 희부옇게 문살이 드러나자
고양이처럼 코를 골던 아내가 팔을 베며 파고든다
지금은 아내의 숨소리가 나를 보듬는다

집의 이름은 창인당
이사 온 이듬해에 심중식 선생이 지어주었다
창성할 창 어질 인
부엌을 주방과 욕실로 개조한 네 칸짜리 시골집

초여름 동창 마루에 누워 쉬는 늙은 엄마
그 옆에 앉아 붓글씨를 쓰는 아내
나는 아내에게 낙관에 쓸 호는 창인당이 좋겠다고 했다

아내는 조기매운탕을 끓여주지 않는다
신혼 초에 아내가 끓여준 매운탕을 먹은 뒤
함께 식당에 가서 조기매운탕을 사 먹은 것은 실수였다
정신장애인 백 명의 삶을 돌보는
아내의 일상이 피폐하지 않게
내게 어진 사람인 것같이 여전히
그들에게 어진 사람인 것이 보람일 수 있게
나는 아내에게 국과 찌개를 끓여준다

아내가 출근하면 구들방에 불을 지펴야겠다
돌아올 때 반기도록
집이 따뜻해지게
내 집은 창인당 아내가 집이다

건넛산에 백로가 난다

비구름 속으로 숨은
월봉산이 희미하고

건넛산에서 백동 양반네 쪽논을 지나
백로가 천천히 난다

다소곳한 배롱나무
가지 끝을 스치며 갓 깐
새끼들 먹이는 제비 한 쌍이 바쁜데

툇마루에 차린 닭백숙을 나눠 먹는
이웃들이 저녁 참새들처럼 수런거리며
빗소리에 섞인다

신안댁 텃밭 한쪽에 핀 해바라기가
해마다 한 집 건너 피어난다며
번지는 웃음 이것이 시골 맛이여

감탄하는 신안 양반을 보고

말복에는 우리가 수육을 내자고
아내가 옆구리 쿡 찌른다

달과 지구 아내와 나

링거액이 떨어져
관을 타고 흐른다
수액이 떨어지는 것은 끌리기 때문이다
중력 때문이 아니라
내가 당기고 있어 그렇다

사용기한 21년1월23일짜리 이소켓과 사용기한 21년2월
11일짜리 생리식염수 저것들이 내 몸에 들어와 모두 42년3
월34일만큼 수명이 연장된다면 좋겠다

별에만 중력이 있는 것 같지 않다
무엇이 무엇을
누가 누구를
끌어당기지 않는다면
서로 끌리는 일은 없을 것이다

간호하다 잠든 그녀의 맥박이
내 심장과 같은 리듬으로 뛰는지
눈을 감고 따라 가본다

찌르르 떨리는 통증은
내 맥박이 그녀의 심장과
공명했음을 알리는 신호

수액이 내게 끌려
관을 타고 내려오듯
아내에게 끌린 나는
그녀 뛰는 맥박에서 떨어지지 않으려고
꼬옥 끌어안는다

내 맥박이
그녀 맥박에 끌리고 있다

마른 겨울

날만 차고 눈도 없던 겨울이었다

흙마당의 먼지들이 대청마루에 내려앉는다
쓸고 닦아놓아도 저녁이면
밟고 간 자리에 찍힌 발자국이 드러난다
오전 햇볕을 쬐러 가던 늙은 엄마의 발자국은
이제 없고
남은 사람의 발자국만 있다

아내와 나는
차마 버리지 못하던 옷가지와 그릇을 치우고
창고도 치우고
석양볕을 받으며 눕곤 하던 늙은 엄마의 자리에다
새로 방을 들였다
마른 겨울 동안 했다

도 닦듯이 비질하는 것이 싫어 잔디를 심는다
쓸 때마다 마루로 마당으로 옮겨 다니는
먼지를 재울 수 있을까

박음질하듯 마당을 기운 잔디를 꾹꾹 밟는다
이것들 마당에 꽉 차면
엄마처럼 아내가 잔디밭을 매겠지

석양이 뉘엿거린다

그치

곧 비가 올 것같이 나무들이 설레
끄덕이는 양귀비꽃이 선홍이야
눈부시다 그치

읽던 소설이 결말쯤에 멈추고
김빠진 탄산음료처럼 놓여
초침 없는 벽시계
째깍거리는 소리 듣고 있어

약수를 떠 왔는데 아무도 없다
적막하다 그치
조용해서 꽃이 더욱
눈부셔

읽던 책 읽어야 할 책 사이에 앉아
문득
창에 묻은 새똥이 어디 갔지 생각했어
자꾸 눈길을 빼앗는 선홍을 보기 힘들어

당신을 닮았어
평소에도 쉽게 마주 보지 못했잖아
비가 오지 않을 수도 있겠다 그치

불을 켠다

장화천 따라 걸으며 개똥벌레를 본다
나 여기 있다고 꽁지에 불을 켠다
나풀거리는 저공비행 궤적이 짧다
제초제같이 독한 삶에 치여 사라진 여린 벌레

여기부터 응급실까지 가파르게 파닥였으리라
중앙선 옆에 흰색 스프레이가
식당 주방에서 설거지할 때 눌어붙은
찌꺼기처럼 묻어 있다

조금은 버거워도 감당하며
작은 날개로 추락하지 않고 여기까지 와서
깜박이는 불빛의 리듬으로
숨을 고르는 개똥벌레

가난했지만 아이 같았던 엄마 곁에
얼굴을 묻고 깜박거리는 반딧불이들
생전에 들어놓은 보험들이
아이들과 막노동판 목수였던 남편에게

요긴한 동아줄이어서 그것이 다행이라
온기 없는 빛이 더 슬프다

깨끗하지 않은 곳에서 더는
살 수 없어 겨우 숨만 쉬다가
사라져버린 작은 빛
못 본 건지 못 본 척한 건지

한밤중에 문득 깨어 베개만 있는
빈자리 물끄러미 바라보는 남편은
홀로 앉아 그녀가 그랬던 것처럼
꽁지에서 불을
깜박이고 있을 것이다

눈사람이 돌아가는 곳

계속 눈발이 날리는 오후
부서져 흩어지는
고운 눈 모은 허수아비가
산 부엉이 우는 밤
매운바람에 성글어 너 돌아오면
바삭거리는 그 몸 위로

우수수 붓겠지
촉촉해지기를
눈발은 계속 날리고

빗질한 듯 잎을 세운 억새가
바람의 뒷자락을 잡고 흔들리는 동안
너도 으악새처럼 흔들리는 동안
개발제한구역 표석을 지나
빈 논둑에 서서 해진 소매로
싸라기눈처럼 흩날리는
네 부스러기 받았다가

소쩍새도 떠난 밤
소리 없이 눈 내릴 때
우수수 부으며
단둘이라도 촉촉해지기를
사뭇
촉촉해지기를

빈방

삼 년 동안 비었던 방
버리고 간 가구 몇 점

치웠다

방 하나에 가득 찼던
한 생애

텅 빈다

낡은 보료와 함께 깔린
몇 점의 가구

빈방은

다시 밝힌 백열등과
다른 한 생애로

가득 찬다

식은 바람까지 들여 품었다가
다숩게 보내며

텅 빈 것처럼

출발 FM과 함께

내가 커피를 내리고 그대가
구절초 한 송이를 화병에 꽂고

함께 앉아

흔적 없이 지나가는 비행기를 볼 때
옹기종기 볕을 쬐는 고양이들
봤어 큰 고양이에게 한 대 맞은 어린 고양이가
아무렇지 않게 앞발을 핥는다

행여 오늘 전에 몹시 화나 그래서 슬퍼
당신의 마음이 체했더라도
신맛 도는 커피 한 잔과
흘려듣는 음악 한 곡으로
툴툴 털고 가볍게 일어날 수 있으면 좋겠다

아침 해에 밀려 마당에 길게 누운 추녀가
차츰 일어서고 있고
드뷔시의 몽상이 가구처럼 방 안에서 주춤거릴 때

꼬리를 세우고 마당을 가로지르는
큰 고양이를 보내고
어린 고양이 둘이 장난치며 놀고 있다

먼저 출근한 그대 보내고 홀로 앉은 방에
당신이 꽂아놓고 간 향기에 섞여
셋잇단음표에서 흔들리는 커피를 마시며
나도 가구인 양 고갯짓으로 끄덕거린다

찰나

백 년은 넘어간다는 촌집이 있다 이 집에는 서당으로 쓰는 동쪽으로 난 문을 하나 더 가진 방도 있었고 집의 주인 중 하나가 사용했던 말을 재우던 마구간도 있었다 새로 살게 된 주인 하나가 주인 잃은 마구간에 쌓인 불쏘시개용 나뭇가지들을 한 줌 두 줌 다 쓰고 말없이 홀로 남은 말구유를 한동안 바라보다 마당 한쪽에 수전을 만들고 그 옆에 묻어 연을 놓았다 말구유로 만든 좁은 연방죽엔 꽃 없이 잎만 피고 졌지만 주인은 방죽이 마르지 않게 물도 대고 고양이 똥 부스러기도 댔다 어느 해 비가 많이 오던 달에 꽃봉오리 하나가 솟았다 꽃이 숨고 숨다가 제 모양을 드러냈던지 밤새 조금씩 모양을 만들어 아침에 봉오리를 완성했던지 주인 눈에는 별안간 꽃이 나타났다 주인은 생각했다 깨달음은 한순간 말없이 왔다 간다고

지금 깨달음을 깨닫는 과정을 말하는 것이 아니다 불행하게도 잡설이 길어져서 재우려던 내 말을 잃어버렸다 바이칼호수처럼 크고 시린 눈을 가진 여주인 얼굴이 퉁퉁 부어 말구유 연방죽에 핀 꽃 같은 눈으로 출근하는 모습을 보며 저 여인을 사랑하고 있다는 것을 깨달았는데 한두 번이 아니었다 말이 사라져 황망한 중에 말꼬리 한 가닥 찾

았다 깨달음은 똥물 속에 핀 연꽃을 볼 때만 얻는 것이 아
니다 지인이나 타인이나 새나 나무나 풀이나 돌멩이나 드
러내지 않는 속내를 알아챘을 때도 깨닫게 되는데 격을 두
고 차별하는 것도 우습다 자주 깨달아도 무뎌져서 깨달았
는지도 모르고 지나가지 않는가

고동댁의 덕담

이미환 여사의 시어머니는 여든넷
충남 예산에서 태어나 스물셋에
강원도로 시집갔다

남편과 함께 설 쇠러 간 이 여사
세배를 하고
흔연스레 웃는 시어머니의 덕담을 들었다

아들아, 원하는 일 다 이루고 기분 좋은 일 많이 생겨서
행복하거라
에미야, 아무쪼록 건강해라 건강해서 남편 내조 잘하거
라

눈물 찔끔거리며 바스라지게 웃는 이 여사의
설 덕담 이야기를 함께 웃으며 듣는다
찔끔 흘린 그녀의 눈물이 반짝인다

얄팍하게 깎인

반성할 땐 사과를 깎자

사람들은 살을 남기고
껍질만 깎으려 들지만
얄팍하게

껍질만 벗겨낼 순 없다
끊어먹지 않고 잘 깎으려면
속살도 함께
깎아내야 한다

껍질 한 꺼풀에 속살까지
서걱서걱 벗겨내야

하얀 알몸으로 시리게
반성할 수 있으니까

제3부

로드킬

맹랑孟浪

이가 말했다
우리의 도시는 부끄럽다고
여가 받았다
자신의 관념은 진보적이고 생활은 보수적이라고
노가 말했다
좌파가 우파를 근소하게 이겨야 내후년에 좌파가 재미
볼 거라고
한이 받았다
탐관오리에게 뺏기나 일제에 뺏기나 뭐가 다르냐고

그들은 도우미 없이 노래방에서 술을 마시고 있었다

로드킬

선홍빛 비명이
아스팔트를 덮고 있다
고라니였을 거야
개였다면
제 밥그릇에 빠져 생을 마감했을 테니

아스팔트를 망막 삼아 필름 펼치듯
흘려놓은 생의 파노라마
삶터를 찢어놓지 말라고
새빨간 침묵을
토해놓았다

무엇에 쫓겨 여기까지 왔을까

너와 우리는 없는 길
그곳에 무엇이 살든 죽든
상관 않는 길
용산4구역 철거 현장에도 있다
한강로 2가 남일당 건물 꼭대기

망루를 스크린 삼아 화염으로
타오른 생의 파노라마
여기 사람 있다는 외침이
세포마다 가득 차서 팽팽하게 부풀어 오른 피부
모락모락 피어오르는 몇 줄기 가는 연기로
침묵하고 있다

무엇을 쫓아 달려가는 것일까

침묵은
눈여겨보는 이에게
말로 전할 수 없는 것들을
보여주지만
묶여 사는 것들은 모른다
딱 제 끈의 길이만큼만 생각하고 살아가니까
멈출 때까지 앞만 보고 달려가니까
몇 바퀴를 돌아야 끝나는지
우리 알고는 있을까

목단강 도라지꽃

티 없이 맑았던 나는
해가 뜨면 내려와 땅에 피는 별

저녁놀이 질 때면 꽃봉오리 오므리는
캄캄한 것이 무서운 소녀
관동군 장교는 도라지꽃이라 불렀다

신발공장 다닌다기에 엄니랑 작별했어
간호부가 될 꿈으로 고향을 떠나왔지
나물 캐던 바구니 공깃돌 버려둔 채
마을 어귀 당나무 눈에 담으며 끌려왔어요

볼을 간질이는 목단강 바람 따라
고향에 가고 싶어

옛 발해땅 무단우라 기슭에서
별빛이 내린 땅에 써본다
파란 들 남쪽에서 바람이 불면
냇가에 수양버들 춤추는 동네

구부러지는 강 물결 따라 흐르고 흘러
아무도 모른 채 칠십 년이 넘도록 흘러

먼지 한 점 없이 맑았지만
가난한 아비를 둔 반도 조선의 도라지꽃
와타시다찌와 고오코구신민데쓰라고 배운
밤하늘 색깔의 보랏빛별

여기
어깨에 새 한 마리 얹은 채
홀로 앉은 맨발의 소녀

레바논 사람 나왈 마르완*의 유언

엄마는 유언을 남겼다

나는 유언을 따라 아버지를 찾아야 했고
쌍둥이 오빠는 잃어버린 형을 찾아야 했다
우리는 제 몫의 유언을 좇다가
감옥 크파르 리얏에서 만나게 되었다

이슬람교도인 엄마의 집안은
기독교도인 엄마의 연인을 살해했고
엄마는 사생아를 낳아 고아원에 보내야 했다
내전이 발생하자
엄마는 아들을 찾으러 고아원에 갔으나
이미 고아원은 폭격을 당했고 아이들은 사라졌다
연인과 아이를 잃고 기독교도와 싸우던
엄마는 붙잡혀 고문과 강간을 당하고
감옥에서 아이를 낳았다

크파르 리얏에서 엄마가 낳은 아이는
우리였다

나는 1978년 무렵 레바논과
우리 출생의 비밀을 목격하고 말았다

쌍둥이 오빠가 찾은 한 남자의 발뒤꿈치에는
엄마가 새겨두었던 점이 있었다
그는 엄마가 잃어버린 아이였다

내가 찾은 사람은
감옥에서 엄마를 고문하던 남자였다
그는 그 감옥의 유일한 고문기술자였고
그의 발뒤꿈치에는 점이 있었다

우리는 그에게 자살한 엄마의 유언을 전하였다
우리들은 엄마의 유언이었다

* 레바논 내전을 다룬 영화 〈그을린 사랑〉 속의 등장인물. 영화의 내용을 옮겨 씀.

연화마을 봄꽃놀이

어젯밤 앰프를 빌려 온 것으로 준비를 마쳤다

이장의 방송이 나오자 삼삼오오 마을회관으로 모였다
손오실댁은 등산복에 모자까지 차려입고
손오실 양반은 기지바지에 미색 잠바를 단정히 받쳐 입
었다
미술댁 발목에 두른 발찌도 반짝이고
삼례 아짐도 외출복을 꺼내 입고 차에 올랐다
돗자리를 챙겨 나온 마을 막내 유용 씨가 먼저 출발하고
차례대로 길을 나섰다

군청 앞에 앰프를 설치하자
교장댁 차가 마지막으로 도착했다
첫 곡은 고향의 봄
다음 곡이 나오기 전 이장이 선창하고
마을 사람들은 삼창한다

굴착기가 들어올 때까지 모르고 있었다.
축사 건축허가가 이렇게도 승인될 수 있는가.

그래도 되는가 각성하라!

대산댁은 밤새 선곡해 온 노래를 틀고
신안댁은 여고 시절 노래자랑 백댄서 능력을 발휘한다
격앙돼 흘리는 장성댁의 눈물에 카메라가 돌고 취재기
자는 바빠진다
성동 아짐은 당차게 나아가 민원실 문을 열어젖히고
이장이 쫓아가 시위 대열 안으로 모셔 온다
구 이장댁의 각성하라 소리는 사뭇 준엄하고
연심 아짐의 똑 부러진 항의에 군수는 난처하다
병풍처럼 시위대를 보호하는 마을 남자들은
상기된 뿌사리처럼 군청을 주시한다

면사무소에도 가서 축사 반대 의사를 밝힌 후 기념사진
을 찍고
KBS 뉴스 인터뷰하러 마을로 향했다
봄놀이를 대신한 우리의 집회는 이렇게 시작됐다

너도 알아야 하지 않겠느냐

그해 오월 망월동에 살던 나는
텅 비어 버린 순천 가는 고속도로 위를
자전거 타고 교도소 쪽으로 찌그덕거리며 올라가다
아카시아 꽃 짙은 향기에 멈춰 섰다

길 너머로 흐릿하게 침묵이 도사리고 있었고
솜털이 일어나 고개를 넘어가는 대신
고속도로 한복판에서 엉덩이를 까고
똥을 내질렀다

텔레비전에서는
미스코리아들이 수영복을 입고 걸어 다녔고
나오지 않는 똥을 그녀들의 무대 한복판에다
한 바가지 싸지르고 싶었다

고등학생이 되고 선배가 준 유인물을
몰래 보다가 오한이 들었다
뭉개진 얼굴에서 사라진 코를 봐버리고
그 뒤로 아카시아 꽃향기를 잊고 말았다

새로 이사 온 집 마당 한쪽에 핀 자목련이
아직 지지 않고 있던 초여름에
공무원 시험을 준비하던 너는
대청마루에 앉아 억울해했지

5·18 유공자의 가산점 때문에 피해를 본다는
망월묘지에 한 번도 안 가본 조카야
시민군이 폭도라는 거짓말이 돌아다닐 수 있는 표현의
자유가
어떻게 피어났는지 생각해보았느냐

광화문에서 너희가 누렸던 자유
태극기부대마저 누리고 있는 이 자유는
자목련 꽃잎 같은 그해 오월
광주시민의 붉디붉은 피를 먹고 자란 것이다

그렇게 사는 당신에게

외삼촌이 겪은 6·25는 역사 속의 이야기였다
나시찬이 나오는 텔레비전 드라마 전우였고
너에겐 원빈이 나오는 영화 태극기 휘날리며였지
그렇게 살았다가 동네 앞 공터에서 탱크를 보게 됐다

내가 겪은 5·18은 네겐 역사 속의 이야기겠지
칠십만 쯤은 탱크로 밀어버리겠다는 독재자의 총구에서
헬리콥터 기총소사를 받아내며 지킨 민주주의가
스마트폰만 보는 너의 책 속에 활자로 누워 있었고
그렇게 살았다가 304명의 생때같은 목숨을 수장시켰다

너희들이 실제로 보고 들은 세월호 침몰은
생살 뜯어 먹는 좀비들의 세상에나 있을 일이야
모 방송 프로그램에서 엠씨가 직업이 뭐냐고 물었을 때
네티즌이라고 말해 눈물짓게 했던 젊은 조카야
유튜브를 끼고 사는 조카야

이산가족들도 많이 늙어 점점 수가 줄어드는데
너희들은 통일을 점점 외면해가고

5·18 광주에다 총을 쏜 자들은 버젓이 가슴에 훈장을 달고 있는데

  폭도와 북한군이 일으킨 사태라는 말이 돌아다니고 있는데

  삼백여 명의 아이들을 꼼짝 못 하게 만들어 수장시킨 그 일에

  가담한 자들 누구 하나 처벌받지 않았는데

  세월호 이야기 지겹고 나랑 상관없는 일이라니

  외삼촌은 지리산만 보면 피가 끓어올랐고

  내 집에서는 목련마저 핏빛처럼 검붉게 피어난다

  그렇게 살았다간 앞으로 또 어떤 일이 생길지

  겁나지 않니

철탑에 올라간 남자와 사회적 거리두기

아무리 생각해보아도 이것은 아니야
모계 쪽이 곰이었다고 한들
아버지는 천부의 아들
홍익인간 하라는 단군의 자손들

풍사도 우사도 운사도 말했어
인간은 더불어 살아가며 행복을 누려야 한다고
노동력을 파는 생산요소가 아니라고
재산을 불려주는 개돼지가 아니라고

우한에서 발생했다는 코로나바이러스감염증
나는 지금 0.5평의 공간
강남역 8번 출구 앞 교통 폐쇄회로 꼭대기에 매달려
철탑을 움켜쥔 채 고립돼 있어

은밀했던 포교 공개된 민낯
이교도들은 그 왕국이 부러웠을 거야
저나 그나 별반 다를 게 없이 왕국을 키워 왔는데
저는 바이러스 확산의 주범이 되고

그 왕국은 끄떡없이 버티고 있으니

나를 해고한 기업 그 왕국의 신하들아
노조는 절대 안 된다며 던져주는 돈은 똥이야
인간답게 살자고 내 말 들어보라고
철탑에 올라왔지만
삼백 일이 넘게 격리되고 있어

사회적 거리두기를 하고 있는 당신도
이참에 생각해봐
동굴 속에서 생각해봐
도대체 얼마나 쑥과 마늘을 먹어야 사람이 될지

염소가 전하는 말

말했다시피
우리 집 텃밭에는 상추가 많다
하도 먹다 보니 내가 염소라는 생각도 든다

수염이 곱던 칠 대조 할아버지 시절에는 반상의 구별이
엄격했다더라
　양반네 논배미 부쳐 먹는 밥줄 안 떨어질 생각만으로
　더러운 꼴 하도 당해 더러운 말 입에 달고 사는 상것들
과 달리
　고매한 양반들은 윤리와 도덕으로 살았다더라

세상이 바뀐 지금은 아랫것들도 글을 쓰고
위아래가 어디 있냐며 생각이라는 것을 하고 산다는데
그런 줄 알고 살아왔는데 염소가 되어 보니
이게 꼭 그렇지만은 않더라
그 사람들 사는 것을 티브이와 영화로 맨날 보다 보니
나도 얼추 비슷하게 살고 있다는 착각을 하게 되더라

똑같이 TV 보고, 똑같은 냉장고 쓰고 똑같은 에어컨에

똑같이 스마트폰을 쓰며 사니까 착각하더라

똑같이 TV 사고 냉장고 사고 에어컨 사고 스마트폰을 사지만

전부 할부로 사더라 그 돈 갚느라 다른 것은 해볼 엄두가 안 나더라

가만히 생각해보니

사는 동네도 다르고 학교도 다르고 직장에 들어가는 법도 다르더라

지들끼리 의원 되고 판검사 변호사가 되는 학교를 따로 만들어서

법을 만들고 집행하는 일들은 지들만 하더라

옛 시절이나 지금이나 다를 게 없던데 새로 알게 된 것은 하나 있더라

유 아무개가 국회의원이 되어 의사당에서 정장 안 입었다고 나무라던 의원들

고매한 성품이라 그런 줄 알았는데

지들은 의사당에서 C8 거리며 욕을 하고 겐세이 놓고

어떤 의원은 지가 팔꿈치로 툭 치고는 성추행했다고 소

리치고
    오함마와 전기톱이 국회에 등장하는 것이

    양아치들 난장판과 똑같더라 정치라고 하는 것이
    유치찬란하여 내가 다 부끄러운데 지들은 부끄러운 줄
도 모르더라
    노골적으로 유치해서 외면하게 만들고 안 본 사이 지들
끼리 계속 해먹더라
    어차피 사람도 아닌데 풀 씹다 풀 맛 떨어지는데
    봄을 맞아 머리에 뿔 자라느라 간질간질하는 참에
    길디긴 투표용지 씹어 먹으며 확 받아버릴까 보다

되풀이하여 씹는

0120 깊은 밤 댓잎에 눈 쌓이는 소리

0230 막 눈 뜬 강아지가 어미 찾는 깽알거림

0425 목줄을 풀고 싶은 어미의 끙끙댐

0500 삐쭉 귀를 당기는 기상 알람

0615 겨우 잠든 늙은 어머니가 코 고는 소리

0745 바쁘게 일터로 나가는 아내의 자박거리는 모습

0750 우리 집을 식당 삼은 길고양이의 당당한 울음

0800 일상, 그리고 소환되는 과거

1973 한성호 침몰

2014 세월호 침몰

1987 최루탄에 쓰러진 농민

2015 물대포에 쓰러진 농민

1980 시위대를 폭도로 매도하는 정권

2015 시위를 테러로 규정하는 정권

1850 다시 아궁이에 불 때는 시간

1900 하루를 마치고 돌아온 참새들이 수선대는 소리

2010 잠자리에 드는 늙은 어머니가 숨 뱉는 소리

2240 눕자마자 잠든 아내의 숨 쌓이는 소리

0110 깊은 밤 댓잎이 서걱거리는 소리

폭우

물이 위에서 아래로 흐르는 것은
자연의 순리지

낮은 곳을 향해 흐른다는 것
물이 겸손해서가 아니거든
수구초심의 이치
존재의 근원에 대한 지향이지

누구는 편리에 따라 물길을 바꿔
높낮이를 분간하지 못하고 살아가지
자신이 선 자리가 높은 곳인지
낮은 곳인지 개념이 없어
지향점을 잃어버린 거야

물이 다소곳하다고 생각한다면 착각이야
심장이 뜨거울수록 차가운 세상과 맞닥뜨리고
폭풍처럼 쏟아져 모습을 드러내거든
불어난 물은 바꾼 물길을 무너뜨리고
본래의 길을 찾아 나서지

노도가 되어 용틀임하면
근원을 거스르는 것 순리에 어긋나는 것들은
죄 쓸려나가
함부로 물길을 막아놓고서 어이쿠 놀라봤자 늦은 거야

봐 허약한 인위를 무너뜨리고 넘친 물이
길을 찾아 도도하게 흐르지 않니

자물신*

빵집에 들렀다

얼마에요
삼천오백 원이십니다
여기요
사천 원 받았습니다 거스름돈 오백 원이십니다

사람 아닌 돈에 공대하는 점원을 종종 보는데
오늘만 벌써 세 번째다
설거지할 때 밥풀이 눌어붙은 그릇을 닦는 느낌이
꼭 이랬다

안녕히 가십시오
나에게 하는 인사일까
손이 닿지 않는 등 어디 가려운 것처럼
기분 나쁘다

빵을 먹으며 점원의 말을 씹어본다
돈에 존칭을 사용하는 그의 태도는

아주 자연스러웠다
자존심 상하는 삶의 한 조각을
삼킨다

* 자본주의적 물신숭배.

털어보면

세탁기를 돌린다
바지와 셔츠 수건들이 팔짱 끼고 있다
어머니의 삼베적삼을 털면
숨어 있던 속옷이 떨어진다

청소기를 돌린다
먼지 통을 털면
인비늘 한 줌과 흰머리에
풀 부스러기 개털까지 나온다
내가 나가면
어머니는 개랑 텃밭을 매나 보다

예초기를 돌린다
풀이 튄다
풀인 줄 알았는데
여치 사마귀 다 튀어 오른다
풀을 털면
내 속에 깃들어 사는 것들이 다 털려 나온다

털어보면
좀 더 가까이 칼날을 들이대면

하루살이

비 오는 날의 하루살이는
평생 비를 맞고 살겠지

눈 오는 날의 하루살이는
평생 눈을 볼 테고

화창한 날의 하루살이는
죽을 때까지 햇살만 받으며 살 거야

은행나무는 천 년 나는 팔십 년
하루살이는 딱 하루

내 하루 동안 평생 비를 맞더라도
하루살이에겐 소중한 날

내 오늘 하루살이는
무너진 흙벽 고쳐 쌓기

제4부

청보리 한 움큼

꽃잠

모처럼 한가한 휴일
아내는 오전 근무하러 나가고
빈 집에 새소리만 가득하다

뒤안에선 댓잎이 침묵을 간질이고
회화나무 아래에서 모란은
새로 봉오리를 맺고 있다

추녀 끝을 오가는 참새를 좇던 나는
떨어진 꽃잎처럼 마루에 누워
장 봐 오겠다는 아내를 기다린다

빼꼼 열린 대문을 지나
앞산 솔가지를 넘어가는
봄바람의 자태를 감상하다가
담벼락 그늘을 베고 누운 고양이랑
스르르 꽃잠에 들 때

모란이 홀로 마당 가에서 끄덕거린다

청보리 한 움큼

오치동 기사식당 앞 소나무 그늘에
청보리가 한 움큼 꼿꼿이 서 있다

눈에 들어와 떠나지 않던 청보리는
오후에 다른 곳으로 옮겨 앉았다

기아자동차 서문 앞 도로 나무 그늘에 앉아
정물이 되어버린 노인
누구를 기다리는 것일까

어릴 적 기억 속에 품이 넓었던 할아버지
지팡이도 없이 중절모에 진남색 두루마기 입고
머리 한 번 쓰다듬어주고 나간 노인은
지금까지 소식이 없다

방바닥 장단에 춤추는 그림자 비치는 집
선산 전답 다 넘기고 들어온 도시는 조부의 유배지
함자도 모르는 아이는 숙맥인데
아비는 화병으로 일어날 수 없었다

제사상을 차리며 액자를 닦는다
영정 속 남자 꼿꼿한 눈매가 길다
아직 못한 말이 남아 그를 지탱한다

피오줌을 싸며 누워있던 그는
보리밭 스치며 바람처럼 떠나는
아버지 배웅도 못 했다

나는 그 사람의 영정을 세우다
얼핏
청보리처럼 꼿꼿했던 노인을
발견한다

봄, 잔디밭은

잔디마당에 깨쌀풀을 뽑는
어머니의 굽은 등

그 옆에 엎드려 자울대는
삼월이의 콧잔등

똘배나무 구부린 손가락 마디마다
앞니같이 어린 눈들이
빼꼼거리고

빨랫줄에 널어놓은 이불을 털면
재채기처럼 폭폭 날리는 먼지

여름이면 잡초 등쌀에
잔디밭 망친다고
부지런히 놀리는 손등에 햇살이 맺힌다

지난겨울 첫배 새끼 셋을 다 잃고
담담한 척 애써 꼬리를 젓는

어미 개의 갯버들 같은 털을
명주바람이 간질이며 지나가고

밑동만 남은 꽝꽝이나무가
담벼락에 바짝 붙어
한 철을 보낸 뒤
낙엽을 헤치고
여린 잎을 내어 달면서
바람의 곱다란 걸음에 감겨 몸을 부빈다

오래된 집 툇마루에 앉아

배롱나무 화사하네요
꽃 흔들며 지나가는 바람 보셨나요
번지는 달빛을 봤어요
점박이 고양이처럼 야금야금 나뭇가지를 밟다가
흙돌담 한쪽을 부비고 가네요

우리 전에도 여기 온 적이 있지 않나요
오래전에 당신이 앉았던 흔적을 느껴요

당신도 그런가요
저 나무를 보고 있으면 부끄러워요
보란 듯이 속살을 내보이고 있잖아요
부럽네요 당신은 스스로 벗을 수 있나요

힘들겠지요
저렇게 계속해서 자기를 깨트려야
새로워진대요
알고 있나요 알고 있는 것들은 모두
나를 둘러싸고 있는 감옥이란걸

명확히 안다고 자신할수록 단단해서
벗어나기 어렵대요
껍질을 벗고 서늘해지면 알게 된대요
보이나요 달빛이 꽉 찼어요

집도 나도 당신도
지나치는 바람인 것이

엽기獵奇

덫에 걸렸다

잡힌 그는 항문이 꿰매진 채 풀려나고

죽음에서 벗어난 기쁨에 빠져 먹고 또 먹고

싸지 못한다

내뱉고 싶은 욕지기가 목에 걸린 것처럼 항상 개운하지 못했던 나는 비데의 쾌변 기능에 맛 들였다 연락 끊은 채 무자의 빈집에서 밤을 새워놓고 상갓집에서 왔다는 나를 바라보는 아내의 눈빛 같은 서늘함에 잔 변은 주르르 흘러나오고 비어버린 창자는 항문으로 뽀글뽀글 서글픔을 뱉어낸다

싸지 못하는 그는 급기야 정신을 잃고

터질 듯한 무게에 미쳐버려 제 식구를 잡아먹는다

싸하게 아리는 아랫배의 느낌이 뜨거움인지 시원함인지 출구와 입구가 뒤섞여버린 내 몸은 감각을 잃고 한 번 들인 맛에 길들어 비데 없이는 볼일을 못 볼지도 모르겠다 카드회사에 다니는 직원은 월급이 카드회사에서 들어왔다가 곧바로 회사카드 대금으로 다 나가는 것을 보고 약 올리는 건지 헷갈린다더니 내 통장은 출석부라 월급이 금과료라는 이름만 남기고 사라진다 아랫배에 힘을 주며 사는 이유를 쥐어짜보지만 생각은 설익어 주르르 흘러버리고 내가 무슨 생각을 했었다는 흔적만 뒤늦게 이 구멍은 입구가 아니라고 뾰글거린다

제 식구를 먹어버린 그는 이제 주변의 그들을 찾아다니며 다 잡아먹고

결국엔

저도 죽는다

개와 나 그리고 여자와 갈치

비 오는 날은 냄새가 가까워진다
싱싱한 갈치를 실은
생선 트럭이 슈퍼 앞을 지나간다
미루나무 둥치에 모여든 개들이 기운차게
울음을 쏴 올린다

아무것도 씹지 않은
이가 가려워지고
개의 등에 얹은 손안에
뭉클 허기가 느껴진다
개들의 벌린 입에 들어서는 심연을 바라보다
선 자리에 도장을 찍듯 온기를 남기고 돌아서
이를 닦으러 간다

비만 오면 횡단보도 앞에서 쉬지 않고 중얼대는
여자는 랩에 싸인 갈치 같다
비어버린 몸을 흔들며 여자는 계속 소리를 뱉어내고
나는 울음처럼 올라오는 허기를 마주하며
빗소리를 갈듯 이를 닦는다

쉼 없이 비는 쏟아지고
트럭 짐칸에 누운
갈치가 닳아버린 이빨을 세우고 울어댄다

젖은 울음의 꼬리가 파랗게 빛나고 있다

회색늑대

몇 시간째 낮잠을 움찔거린다
딱히 할 수 있는 일이라곤 이것뿐
마당 한쪽 플라스틱 빨간 지붕
내가 묶인 곳
알타미라 동굴의 벽화처럼 송곳니 냄새 가득한 방

반경 1미터 밖은 볼 수만 있을 뿐
밟아보지 못한 땅
밥그릇에 꼬리를 흔드는 것은
묶인 삶에 대한 최소한의 예의
밥이 왔다고 덥석 주둥이를 들이밀고 싶지 않다

기억 저편에서 어스름히 떠오르는 샛노란 눈동자
언제였던가
목털을 곧추세우고 콧등으로 바람을 가르던 때
칠 부 능선 벼랑에서
푸른 갈기 휘날리며 긴 울음을 날리던 때

그칠 듯 비가 내리면

숲은 가까이 귀를 대는 하늘에
간직했던 오랜 기억 물 먼지 자욱하게 속삭이고
구름을 가르며 회색늑대들이 무리지어 달린다

송곳니는 나의 죄가 아니라
그들의 두려움
생은 목줄의 길이에 불과하고
영혼은 줄 너머로 흐르는데

앞집 마당으로 새된 목소리 떨어지면
그 집 처마에 깃들어 사는 고양이처럼
남자가 어슬렁 나와 잔소리를 비켜 밟으며
텃밭 쪽으로 사라진다

눈빛만 파랗게 남았다

눈을 뜨면 나는
맞춰놓은 시계처럼 일어나
욕실로 향한다

치약 거품 사이로 드러난
원추형의 뾰족함
더운 살덩이를 찢어내던 기억
잇몸 깊숙이 묻혀 있다

거울들이 기차를 타고 거울 속으로 들어가고
기차에 올라탄 나는 점점 작아지다
눈빛만 파랗게 남는다

울컥 심장이 두근댄다
누가 나를 길들였을까

제 몸보다 긴 뿌리에서 자란
송곳니가 부른다
도화선이 타들어가듯

이빨에서 번진 열기가 길을 내고 있다

새파란 실눈을 뜨고 욱신거리며 몸을 달군다
달궈진 열기가 압축되더니 순식간에
되돌아오는 기차

쨍 소닉붐
파란 눈빛이 뚝뚝 떨어진다

개미지옥

모래만 까슬까슬 남은
콘크리트 바닥을 기어가는
개미 한 마리
북구 연제동 단독주택
열두 번째 계단에 앉아
숨을 고른다

연락 끊은 채무자의 멱살을 조이듯
개미의 다리를 끌어당기면
눈앞에서 부스스 무너지는 모래 구덩이
필사적으로 기어오르는
이곳은
기어이 빠져나가야 하는 허방다리

빈손으로 돌아가야 하나

날이 밝도록 그의 창에
불빛은 없다

돌아오지 않는 그나
돌아가야 하는 나에게
눈앞의 길은 자꾸 무너져 내리고
일터를 향해 더듬이를 세운 개미들이
줄을 서는데

개미귀신은 거대해서 보이지 않고

부족한 체액을 보충하기 위해
죽을 때까지
우리는
서로의 체액을 빨며
정수리에서 절박하게 페로몬을 뿜어낸다

비가 우리를 만나게 한다

처음 출산한 어미가
새끼를 물어 옮길 줄 모른다
배가 안 뜬 강아지를 어미 품에 넣어주었다
좀 있다 비가 왔다

비를 맞는 열무가 잎을 숙이고
고추 모도 다소곳이 지주대를 붙잡는다
비가 내리면 붙잡지 못한 것들은
빗물 따라 낮은 곳으로 흐른다

그대도 빗물 따라 그대 마음자리로 향하고
나도 빗물 따라 나에게 시선을 돌린다

풍경 소리가
처마 끝에서 낙숫물과 함께 떨어진다
멧새가 낮게 날고 앞집 굴뚝에서도
연기가 낮은 곳으로 흐른다
그사이 쑥 다가온 앞산을 백로가 힐끗 지나간다

비가 우리를 낮은 곳에서 만나게 하지만
낮은 곳에 있다는 것만으로 서로를 붙잡아줄 수는 없다

그대의 풍경에서 놓치지 말고 붙잡으라
빗물을 따라 흐르고 싶은 나는
그만 일어나
쓰러진 방울토마토 묘목을 일으켜 세워야겠다

쏟아지는 것은 비가 아니다

가뭄이 초여름을 지나고 있다
일기예보가 세 번째 빗나가더니
저녁 끝 무렵에 내리기 시작한다

창문 가까운 쪽 마당에
분꽃 두어 송이가 고개를 끄덕이자
곧이어 후두두 쏴 쏟아진다
분꽃 송이들은
물 냄새에 취해 끄덕끄덕 휘청거린다

비구름 때문에 더욱 어두운 밤 어느 순간
번쩍
섬광이 시커먼 하늘을 찢어놓는다

봤니
번개가 치기 직전 고요함

잠깐의 정적이 오기 전
물 냄새를 맡은 분꽃들이 수런거리고 있었고

꽃들이 비 마중하기 전
기상청은 세 번씩이나 장맛비를 예고했으며

세 번의 오보가 있기 전
가뭄은 지난겨울부터 계속되고 있었다

온몸을 흔들며 환호하는 분꽃들
흙냄새에 훅 번지는 물 냄새

여기
오랜 기다림이 쏟아지고 있다

마당 쓸다 보면

차 한 잔 마시며 창밖을 내다보는
비 오는 날이 아니어도
차분히 자신에게 시선을 돌리고 싶으면
이른 아침에 마당을 쓸어보라

싸악싹 비질을 할 때마다
보푸라기 같은 흙들이 벗겨지고 맨바닥이 드러난다
숨어 있던 조그마한 풀잎들이
숨바꼭질하다 들킨 아이처럼 고개를 내민다

풀잎들이 드러나듯
잃어버린 은반지가 어디 있는지 생각나고
깨쌀풀 매던 엄마의 뒷모습도 떠오를 것이다
약간은 어색하게
지금 행복한지 궁금해지기도 할 것이다

달 밝은 밤이 아니어도
솔가지에 걸린 달을 보며
두 손 모아 고백하고 싶으면

초저녁에라도 마당을 쓸어보라

싸악싹 비질을 할 때마다
붙잡지 못하고 떨어져 나온 것들이 서로를 보듬는다
쓸려 나온 것들은 보이는 곳에서
쓸리지 않은 것들은 보이지 않는 곳에서

함께했던 기억들은
마당 위에 묏등처럼 쌓이고 눈물은 무거워
마당 아래로 아래로 고일 것이다
사뭇 진지하게
지금 내가 잘살고 있는지 궁금해지기도 할 것이다

소나기

후 지 순 욱 석 방 당 빗　◦　　◦
두 금 식 하 류 울 신 방　　◦◦
두　　간 고 알 방 만 울　◦　　◦
◦　와 에　　　울　은 ◦　◦　　◦
비 그　　터 말　　들　　　◦　◦
산 락 쏟 져 주　　을 나 ◦　　　◦
한　　아 머　　　　의 ◦　　◦
다 부 진 니　　수　　◦　사 ◦
◦ 서 다　　　　전 랑　　◦
　지　◦　　　있 령　◦
◦ 는　　　　게 해 ◦ ◦ ◦
　◦　　◦　당　＊　◦◦　　◦
◦ 밀　　◦＊　◦　　　◦　　＊
너 어　◦ 신　　　◦ ◦　　　◦
＊ 가 ◦을　　◦ ＊◦랑　　◦
＊◦◦를　◦ ＊　◦사◦　◦＊해◦＊　◦＊

아침 식탁에서 도道를 생각하다

식탁 창 너머로 앞산이 보인다
밤나무가 어디 있는지 묏등이 몇 개인지
다 보인다

앞산 너머로 뿌연 산안개를 깔고
검은 산이 서 있다
해가 높이 뜨고 산안개가 가시자 보인다
월봉산이다
근동에서 제일 높다

월봉산 저 너머로
무언가 또 있다
회먹색으로 희끗거리는 게
산인 듯
구름인 듯

발문

정제된 언어, 무의식의 공간
- 신의 정원, 창인당의 불빛

이효복 시인

그녀가 죽었을 때, 사람들은 그녀를 땅속에 묻었다.

꽃이 자라고, 나비가 그 위로 날아간다……

체중이 가벼운 그녀는 땅을 거의 누르지도 않았다.

그녀가 이처럼 가볍게 되기까지, 얼마나 많은 고통을

겪었을까!

베르톨트 브레히트 시선,「나의 어머니」

『살아남은 자의 슬픔』14쪽, 한마당

한종근 시인의 시 전편을 읽으며, 브레히트의「나의 어
머니」를 생각했다. 이제는 볼 수도 만질 수도 없는 내 어머
니의 상이 오래도록 잠긴다. 과거 어느 날 브레히트의 시
선, 『살아남은 자의 슬픔』을 읽다가 14쪽「나의 어머니」에

서 나는 한 발짝도 기어 나오지 못했다. 나를 자극했던 극적인 문장들 어디에도 화려한 기법은 없었다. 나는 한없이 슬픈 어둠의 동굴로 빠져들어 갔다. 나를 사로잡았던 그 전율의 문장들 속에서 한동안 헤어나오지 못했다. '무엇을 쓸 것인가? 어떻게 쓸 것인가?'에 대한 고뇌와 물음, 자기 자신의 발견, 새로움에 대한 자각, 눈뜸이었다.

1. 하얀 속살의 울림

사과를 갈아서
삼베에 밭친다

깨물어 안 아픈 손가락 없다고 했는데
그 손가락 열 개가
사과를 쥐어짠다

열아홉 소녀 같은
하얀 속살의 사과가

단물 쪼옥 빠지고
갈변해
쭈그렁 망태기로 남는다

—「어머니」 전문

어디서나 느끼는 환희의 봄날, 아담한 정원의 흰빛 고
요, 적막감 속에서 내가 기억 못 한 한종근의 하얀 속살,
뼈아픈 서정을 본다. 시 속에는 어머니의 한 생애가 담긴
다. 속살은 어머니들의 사랑을 대변한다. 간략하고 짧은
이 시 속에 우주의 위대한 신화적 모성이 훑고 지나간다.
오래도록 남아 있는 잔향이다. 어머니의 지극함이 낳은 모
성의 순환은 새로운 생명에의 축을 가진다.

　브레히트의 『살아남은 자의 슬픔』에서 멎었던 숨의 긴장
감이 다시 한종근의 시, 「어머니」로 옮겨온다. 신화적 모성
에 대한 시적 환상이 신비의 정원을 만들고 존재의 뿌리를
내려 자연에 이르는, 자연 그대로의 상태가 자연스레 시가
발화하는 지점에 이른다.

　　사람들은 살을 남기고
　　껍질만 깎으려 들지만
　　얄팍하게

　　껍질만 벗겨낼 순 없다
　　끊어먹지 않고 잘 깎으려면
　　속살도 함께
　　깎아내야 한다

　　　　　　　　　　　　　　　－「얄팍하게 깎인」 부분

뜨끔한 내 손가락 끝에는

채칼에 썰린 살의 두께만큼

핏방울이 맺힌다

- 「무생채를 무치려다」 부분

한종근의 시는 생의 속살인 피로 이루어진다. 일상의 고
난과 해어진 흔적의 자아냄으로 인한 응축의 쓰라림이다.
이는 상처이고 고통이다. 고뇌와 삶의 혼이 묻어 있는 과
묵함의 올곧음이 시로 표출되는 순간, 속살은 성찰의 촉매
이며, 견딤의 시작이고 탄생점이다. 겪고 느끼고 발돋움하
고 깨어나는 순간의 과정 속에서 인식되는 시인의 심연은
간절하다.

생의 마지막 순간을 함께할 수 있다는 것은 서로에게 얼
마나 큰 위안인지 모른다. 삶과 죽음의 끊임없는 순환의
과정에 서 있는 시인의 간절함이 시를 태어나게 한다. 껍
질을 깎아내고 속살이 드러나는 피나는 일상의 경험 속에
서 시인은 깨어난다. 뜨끔한 내 손가락 끝에는 채칼에 썰
린 살의 두께만큼 핏방울이 맺힌다.

내가 알고 있는 것들은 껍질 즉 허상이라는 생각이 든
다. 생의 빛깔을 자아냄은 자생적인 힘이다. 눈으로 볼 수
없는 내밀한 진실의 환영은 삶으로부터 착상되며 감지된
다. 자기 인식의 고통스러운 과정에서 표출되는 한종근의

속살은 피다. 피는 삶의 완성이고 완치이다. 속살의 반복되는 환영들에서 경이로움과 신비의 풍경을 만들어낸다. 이는 생의 과즙이며 하얀 속살의 우주적 울림이다.

2. 숨, 숨소리 - 자각

지구상의 대지에 존재하는 온갖 생명들은 숨을 쉰다. 이러한 사물에 숨을 불어넣는 존재는 시인이다. 시가 탄생하고 머무는 자리이다. 삶의 중심인 '나'는 나만의 새로운 삶을 만난다. 여기에서 '숨'은 내가 태어나는 자리임과 동시에 삶과 죽음의 경계이며 내가 소멸하는 자리이다. 숨의 시작과 끝은 인생의 시작과 끝인 셈이다.

수면이 점점 멀어져 아득해갈 때
희미해진 안방 숨소리가
뒷산 대숲에 청죽처럼
힘들 때마다 제 마디를 딛고 일어선다

귀울음에 빠져 한없이 가라앉다가
늙은 엄마의 숨소리를 붙들고
뭍으로
겨우 기어오른다

　　　　　　　　　　　　 － 「연화마을의 여름밤」 부분

한종근 시인의 시를 읽으며, 아득히 멀어져 가는 희미한 무의식의 '숨결'을 본다. 늙은 엄마의 숨소리에 의존하며 무한함의 자리에 들어선다. 비로소 자신에게로 돌아와 자신을 말한다. 살아 있다는 존재를 포착하는 순간의 영원성에서 밀려오는 졸음의 상태를 벗어나 희미한 안방의 기척을 느낀다. 흐트러진 감각을 일으켜 아파 누운 실금의 균열을 타고 감지되는 존재를 그려낸다.

"텃밭 고랑 맴돌던 숨소리"가, 안방에서 건너온다. "희미해진 안방 숨소리가/뒷산 대숲에 청죽처럼/힘들 때마다 제 마디를 딛고 일어선다" 이명 속을 자맥질하는 화자는 늙은 엄마의 숨소리를 붙들고 다시 일상으로 환원한다. 화자는 보편적이고 일상적인 숨, 숨결, 숨소리와 겨룬다. 맞싸우다가 결을 맞춘다. 한없이 가라앉다가 뭍으로 기어오른다. 숨을 품는다. 시편마다 격앙되는 숨의 소리들이 강물을 이루고 쉼 없이 흘러 산과 도시와 마을과 해와 달과 별과 지구를 휩싼다.

밤부터 내리던 송이눈이
싸락눈 되어 흩날린다

마당에 쌓아놓은 통나무 더미가 눈을 덮어쓰고
삿대를 드리운 배처럼 누워 있다

등을 괴고 기대 누운 늙은 엄마의 손에
얼굴을 묻었다
가볍고 앙상한 몸인데 손은
내 한쪽 뺨이 폭 안길 만큼 크다
앉아 있을까
고개를 젓는다
요새는 나를 깜박 잊기도 한다

세상의 기억들과 연결된 줄 다 버리고
나 하나 겨우 붙잡고 있으면서
이제 그마저 필요 없게 되었나
육신은 빈 배처럼 여기 남겨두고
물 빠진 갯벌을 떠나 어디로 가려는 걸까
나마저 잊으면 다시 못 볼 것 같아 서러워
볼 때마다 확인한다

내가 누구야

–「닻줄」 부분

내 안에 들어온 타자를 통해 나를 깨우고 자각하는 순간
이다. 희미해져 가는 어머니의 기억에 대한 끈을 놓지 않
기 위하여 안간힘을 쓴다. 모든 일상의 작업을 내려놓고

어머니의 숨과 마주한다. 자기희생적 모성의 삶에 대한 욕구는 다시 나를 창조적 신화의 근원으로 불러들인다. 그런데 내가 아프다.

고양이 우는 소리에 정신이 든다. 마당에 눈이 덮여 있고, 밤부터 내리던 송이눈이 싸락눈으로 흩날린다. '흩날린다'는 것은 다시 모아진다는 것을 의미한다. 나와 늙은 엄마는 숨 하나로 버티고 있다. 서로 의존한다. 늙은 엄마의 손에 얼굴을 묻는다. 앙상한 몸인데 엄마의 손에 내 한쪽 뺨이 폭 안긴다. 요새는 나를 깜빡 잊기도 한다. 세상의 기억을 다 버리고 나 하나 겨우 붙잡고 있다. 밖에는 싸락눈 흩날리고 "육신은 빈 배처럼" 허물만 남겨두고 어디로 가려는 것일까? 나를 잊을까 봐 볼 때마다 묻는다. '내가 누구야?'

어머니의 손을 베개 삼아 신들의 얘기를 듣는 듯 고요한 흰 눈의 교감은 순결하고 보드랍다. 일관된 신의 초월성 속에서 기억은 회상된다. 자기희생적 모성의 품에서 나는 다시 소환된다. 밖은 흰 눈의 세상이다. 고요만 남는다.

　　개미 한 마리
　　북구 연제동 단독주택
　　열두 번째 계단에 앉아
　　숨을 고른다

연락 끊은 채무자의 멱살을 조이듯
개미의 다리를 끌어당기면
눈앞에서 부스스 무너지는 모래 구덩이
필사적으로 기어오르는
이곳은
기어이 빠져나가야 하는 허방다리

빈손으로 돌아가야 하나

날이 밝도록 그의 창에
불빛은 없다

― 「개미지옥」 부분

　다시 숨을 고른다. 필사적으로 기어오르려는 노력을 시
도한다. 냉혹했던 지난 시간을 회상한다. 무너뜨려짐과 두
려움 속에서 저항할 수 없는 허방다리, 날이 밝도록 불빛
은 없다. 화자는 가치 있게 살아갈 방법을 모색한다. 극적
상황에의 내몰림에서 오는 불안은 필사적이지만 어딘가
모르게 세상은 불합리하다. 어두운 밤, 눈앞의 길은 자꾸
무너져 내리고 생존에 대한 응답이 없다. 자신의 삶과 영
혼에 예리한 질문을 던진다. 빈손으로 돌아가야 하나? 선
과 악이 허상처럼 눈앞에 펼쳐진다. 날마다 무엇인가 일어
나는 일상의 고요와 무의식적인 힘의 환상 속에서 죽을 때

까지 일터를 향해 더듬이를 세운 개미들. 눈앞의 풍경들은
시인이 죽음의 밑바닥까지 경험하고 고뇌하고 느낀 생명
에 대한 절박한 숨 고르기다.

3. 생명의 순환 – 몸, 사리, 허물

곰은 캄캄한 동굴 속에서 삼칠일을 견뎌
사람이 됐고
나는 칼슘 돌멩이가 오줌길을 통과하는
고통을 견디며
늙은 엄마의 몸속에는
사리가 몇 알쯤 있을 것이라 생각했다
차가운 시간에 몸을 담그면
숨은 사리를 찾으려는 듯
선뜩한 시곗바늘이 몸을 찌른다
껍데기를 벗기면 세상 사람이 다
똑같아진다는 것을
자신에게 벌거벗은 몸을 맡긴
시어머니의 거죽을 한 꺼풀씩 벗겨내면서
실감할 것이다 아내는
어쩌면 수십 년 뒤의 아니면 이전 그 이전의
자신을 보고 있을지도 모른다

– 「대문산목욕탕에서」 부분

구절초처럼 피고 싶어

예수님께 기도하며

날마다 허물 벗고 있구나

홍홍거리며 늦은 아침을 먹는다

사리마저 다 버리는

아흔셋 우리 엄마

― 「부처와 예수, 그 사이 늙은 엄마」 부분

    어머니의 몸은 근원적인 공간이다. 목욕탕에서 몸을 열어놓고 모체는 허물을 벗는다. 자연의 질서에 기꺼이 자신을 내맡기는 나, 자신의 온전한 내면에서 신을 만난다. 자연으로 돌아가는 모체는 허옇게 비듬이 돋아나 허물을 벗는다. 화자는 거침없이 죽음의 순간과 맞닥뜨린다. 무의식의 심리적 공간의 슬픈 시선, 시인이 간절히 바라는 것은 무엇일까?

    어머니는 내 말 안 듣고 "밥솥에 넣은 밥을 기어이/복개 덮어 이불 밑에" 넣어둔다. "굽은 등 그 안쪽에/무엇을 품고 있는지"(「늙으믄 물팍이 귀를 넘는다」), "허리 굽어 얼굴이 땅을 향할수록/머리에서 등허리까지 백발이 성성할수록"(「모르는 사람은 모른다」), 남편의 빚보증 상환하며 여덟 자식 먹이는 것은 일도 아니고 화병으로 누운 몸의 병

시중까지 해내야 닿을 수 있는 경지, "허리가 굽어 ㄱ자", "얼뚱애기 업은 듯이/하늘을 통째로 업었구나"(「하늘을 짊어지다」).

어머니의 일상을 보는 화자의 시선은 아리고 시리다. 스스로를 내려놓지 않고서야 어찌 경지에 이르겠는가? 한종근의 시선은 한시도 어머니를 내버려두지 않는다. 매번 뜬 눈이고 곤한 잠 든 적 없다.

4. 신의 정원, 창인당의 불빛 – 근원

엄마의 코 고는 소리를 세고 또 세었다
이명으로 머릿속이 파도를 타듯 멀미할 때
엄마의 숨소리는 내가 움켜쥔 밧줄이었다
지실아짐네 닭이 울고 희부옇게 문살이 드러나자
고양이처럼 코를 골던 아내가 팔을 베며 파고든다
지금은 아내의 숨소리가 나를 보듬는다

집의 이름은 창인당
이사 온 이듬해에 심중식 선생이 지어주었다
창성할 창 어질 인
부엌을 주방과 욕실로 개조한 네 칸짜리 시골집
초여름 동창 마루에 누워 쉬는 늙은 엄마

그 옆에 앉아 붓글씨를 쓰는 아내

나는 아내에게 낙관에 쓸 호는 창인당이 좋겠다고 했다

(중략)

아내가 출근하면 구들방에 불을 지펴야겠다

돌아올 때 반기도록

집이 따뜻해지게

내 집은 창인당 아내가 집이다

― 「창인당」 부분

한종근의 삶의 이야기는 환상적이며 신화적 상상력을 갖는다. 존재의 위안이며 안식처인 이곳에서 시인은 자연 친화적 삶의 선연한 꿈을 노래한다. 완전무결의 원형과 구조를 갖는 무의식의 공간이다.

집의 이름은 창인당. 이사 온 이듬해에 '심중식' 선생이 지어주었다. 창성할 창昌 어질 인仁, 부엌을 주방과 욕실로 개조한 네 칸짜리 시골집. 심중식 선생은 현재 귀일사상연구소장으로 있다. 귀일은 '무아'가 되는 것. 귀일사상 연구소는 이세종, 이현필, 다석의 사상을 연구하고 실천한다. '무아'는 너도 없고 나도 없는 본래의 자리로 돌아가 진정으로 하나가 된다는 것. 소외되거나 버림받는 자가 없는 평등한 삶의 공동체를 실현하는 사회 봉사기관이다.

시인이 거주하는 담양 창평의 연화촌은 마을 형세가 연꽃과 같다 해서 연화촌이다. "출근길의 하늘이 참 예뻐서 그 느낌을 그대로 아내에게 전해주고 싶어" 처음 시를 썼다고 밝혔다. 시를 쓰면서 눈에 보이지 않는 의미 있는 것들을 생각하게 되었고 황폐함에서 벗어날 수 있게 되었다고 말한다. 한종근은 극단 '신명'에서 청년기를 보낸 연극 배우 출신이다. 마구간과 창고와 헛간으로 쓰였던 아래채를 직접 설계하고 개조해 창작실로 꾸몄다. 정원에는 꽃이 피고, 여럿의 고양이가 자유로운 형태로 낙원을 즐긴다. 해어진 오래된 추억의 정원에서 시인은 우주의 신과 대면한다.

늙은 엄마 옆에서 글씨를 쓰는 아내, 잔디가 깔린 마당, 하늘의 구름과 잠시 훑고 지나가는 산그늘 바람 소리를 듣는다. 엄마가 쓰던 돌확에 물을 갈고 꽃잎을 띄워 우주를 담아낸다. 불빛 아른거리는 창인당은 무위자연 신들의 공간이다. 신의 조화로움이 이랬을까? 어머니의 존재는 신적이다. 신비의 경이로운 풍경이 자연 그대로 한눈에 묘사된다. 미적 수사나 화려함이 없는 자연 그대로의 소박함은 편안하고 자유롭다. 지금 창인당에는 아내와 둘이 산다. "내 집은 창인당 아내가 집이다". 신의 공간에서의 무아일체다. 사회복지 시설에 근무하는 아내를 위해 불을 지피고 그 옆에 고양이가 나란하다.

한종근은 이 공간에서 어머니와의 시간을 회상하고 자

아를 만나고 이야기를 시로 쓴다. 신이 들려주는 신의 이야기를 적는다. 정원에 번지는 어둔 마당의 달빛, 헌신적인 사랑이 가미된 서사의 시선은 봄볕에 살랑이는 바람이고 꽃이다. 뜨거운 볕을 가리는 노란 우산 속의 고양이 두 마리, 색색의 다채로운 꽃들, 이곳에서 오래도록 홀어머니를 모시고 살았다. 오로지 어머니만을 위해 마련한 공간이다. 한종근은 그에게 닥친 삶의 굴곡을 아우르고 감싸 안는다. 요즘에는 마을 분들과 동네 벽화도 그리며 상생한다. 마당에 쌓인 순백의 눈을 사그락사그락 밟는 우주적 발길, 발돋움은 한종근 시의 맥락이다.

한종근의 시를 보면 '나는 누구인가? 어디로 가려는 것일까?' 우주적 신의 근원을 생각하게 된다. 그의 표제시 「달과 지구 아내와 나」를 보자.

링거액이 떨어져
관을 타고 흐른다
수액이 떨어지는 것은 끌리기 때문이다
중력 때문이 아니라
내가 당기고 있어 그렇다

사용기한 21년1월23일짜리 이소켓과 사용기한 21년2월 11일짜리 생리식염수 저것들이 내 몸에 들어와 모두 42년 3월34일만큼 수명이 연장된다면 좋겠다

별에만 중력이 있는 것 같지 않다
무엇이 무엇을
누가 누구를
끌어당기지 않는다면
서로 끌리는 일은 없을 것이다

간호하다 잠든 그녀의 맥박이
내 심장과 같은 리듬으로 뛰는지
눈을 감고 따라 가본다
찌르르 떨리는 통증은
내 맥박이 그녀의 심장과
공명했음을 알리는 신호

수액이 내게 끌려
관을 타고 내려오듯
아내에게 끌린 나는
그녀 뛰는 맥박에서 떨어지지 않으려고
꼬옥 끌어안는다

내 맥박이
그녀 맥박에 끌리고 있다

—「달과 지구 아내와 나」 전문

링거액이 떨어져 관을 타고 흐른다. 수액이 떨어지는 것은 끌리기 때문이다. 우주적 끌림이고 당김이다. 관을 타고 흐르는 우주에의 탯줄이며 생명의 순환이다. 서로의 끌림과 당김의 수액은 물의 순환이다. 물은 온 지구를 감싸고 돈다. '달과 지구 아내와 나', 이는 자연 회귀이며 생명의 영원성과 불멸을 상징한다. 간호하다가 잠든 그녀의 맥박이 "내 심장과 같은 리듬으로 뛰는지", 내가 느끼는 심장의 '통증은 아내와의 공명'을 알리는 신호, '아내와 나'는 '달과 지구'가 된다.

아무나 들어갈 수 없는 신화적 미궁의 아리아드네, 미궁의 입구에서 실타래를 쥐고 기다리는 아름다운 공주, 나의 아내. 지극한 어둠, 밤, 카오스의 시간에 나는 수액을 맞고 그녀의 뛰는 "맥박에서 떨어지지 않으려고/꼬옥" 끌어안는다. 무의식의 환영 속에서 기억은 삶을 재구성한다. 서로 관련 없는 요소가 모아져 새로움을 창출한다. 시간 속에서 장애나 제약을 없애고 중요한 순간들만을 포착하는 것이다.

5. 자연으로의 회귀, 영원의 환상성

배롱나무 화사하네요

꽃 흔들며 지나가는 바람 보셨나요
번지는 달빛을 봤어요
점박이 고양이처럼 야금야금 나뭇가지를 밟다가
흙돌담 한쪽을 부비고 가네요

우리 전에도 여기 온 적이 있지 않나요
오래전에 당신이 앉았던 흔적을 느껴요

당신도 그런가요
저 나무를 보고 있으면 부끄러워요
보란 듯이 속살을 내보이고 있잖아요
부럽네요 당신은 스스로 벗을 수 있나요

힘들겠지요
저렇게 계속해서 자기를 깨트려야
새로워진대요
알고 있나요 알고 있는 것들은 모두
나를 둘러싸고 있는 감옥이란걸

명확히 안다고 자신할수록 단단해서
벗어나기 어렵대요
껍질을 벗고 서늘해지면 알게 된대요
보이나요 달빛이 꽉 찼어요

집도 나도 당신도

지나치는 바람인 것이

-「오래된 집 툇마루에 앉아」 전문

　나무와 달빛을 휩싸는 침묵의 환영이 움직임으로 발돋움하는 새벽 시간은 시작과 탄생의 시간이다. 끊임없는 사고의 번뜩임이 삶을 만들어내고 부드러움을 증가시킨다. 꽃의 피어남은 우주의 깨어남이다. "자기를 깨트려야/새로워진대요", 사물들은 나름의 방식으로 흩어지고 모아져 우주는 다시 활기를 찾고 비상을 꿈꾼다. 흔들리고 흩날린다는 것은 창조적 충동의 근원이다. "달빛이 꽉 찼어요", 집도 나도 당신도 "지나치는 바람"인 것을 느낀다. "명확히 안다고 자신"했던 단단한 에고의 껍질을 벗고 속살을 드러낸다. 꽃은 자신이 만든 나이다. 창조의 신비이며 경이로움이다. 밤의 심연으로부터 빛을 끌어내고 피어나고 해방된다. 보란 듯이 내보인 속살, 나무는 어둠의 그늘을 만든다. 수액으로 가득차 있다. 바람에 움직이는 나무들 사이로 번뜩임이 일어난다. 깊은 밤의 심연 한가운데에 화자는 무언가에 사로잡힌다.

대청마루에 앉으면

보이는 산벚꽃 한 그루

올해도 참 환하게 피었다
앞산의 저 꽃이 다 지기 전에
콩을 심어야 한댔지

텃밭에 상추씨 뿌리고 난 뒤
지난 기억 붙잡고 있을 때
마침 비가 내리고
창밖에서 눈 마주친 고양이가
처마 아래 앉아 털을 고른다

대문을 나서며 앉았던 자리에 눈길을 주고
안산에 올라 누웠던 자리 눈에 담아도
산그늘이 마당에 드리우거나
석양 놀이 산마루를 물들일 때면

당신 손안의 온기 그리워
구들방 데우려고 불을 지핀다
산벚꽃 하얀 꽃잎 다 질 때까지
매운 연기 마시며 눈물 흘린다

— 「산벚꽃이 필 때」 전문

    산벚꽃 한 그루, 올해도 참 환하게 피었다. 대지의 중심
은 습기와 물로 가득하다. 대지를 적시는 물방울이나 눈물

의 이미지는 회귀의 영원성과 불멸을 상징한다. 한순간 소유되었던 육체는 영원에 이르지 못하고 흩날린다. 우리의 생은 죽음으로써 일관된다. 한종근은 대지와 물을 통해 우주와 만물의 생성, 희생의 삶을 구조화하고 신성시한다. 자아의 무의식적 환상성은 형상이나 한계가 없으며 만물과의 일체감 속에서 완전하며 결핍이 없다.

한종근의 시 「부재」나 「빈방」, 「청보리 한 움큼」의 시간적 역사성은 순환이다. 살아 있는 것은 흩날린다. 이는 언어로써 말해지고 완결된다. 흩날리는 언어의 정제된 산벚꽃의 울림은 순환이다.

시란 무엇인가? 간절함이다. 간절히 바라는 마음이 시를 잉태한다. 시란 그냥 쓰고 싶은 대로 쓰는 것이다. 살아온 삶의 깊이만큼 고뇌하고 확신하면서 좀 더 의지를 다져가는 것이다. 무엇을 쓸 것인가? 어떻게 쓸 것인가? 끊임없이 자신에게 물어야 한다. 한종근 시인은 20여 년 만에 시집 한 권을 세상에 내놓는다. 이 또한 수도자의 삶 아니겠는가?

모성 신화의 신적 공간인 창인당에서 한종근은 안방의 이야기와 앞마당에서 눈에 보이는 풍경을 묘사한다. 신화적 서사의 서정이다. 그의 시선은 어머니와 나와 아내에게 집중한다. 내밀한 자기희생적 삶을 사는 한종근의 슬픈 시선은 구들방에 불을 지피며 어머니의 숨소리와 온기를 아우른다. 지금은 아내의 숨소리가 나를 보듬는다. 바람이

불고 자연 그대로 흩날리는 산벚꽃의 생명력과 서사적 심
상이 어우러지며 풍경을 만난다. 흩날리는 것들은 다시 모
아져 뿌리를 내리고 싹을 돋고 꽃을 피운다. 순환의 생명
력이 갖는 보편적 이룸이다. 한종근의 시는 우주적 속살이
고 삶의 피인 것이다.

달과 지구 아내와 나

초판1쇄 찍은 날 | 2023년 7월 4일
초판1쇄 펴낸 날 | 2023년 7월 10일

지은이 | 한종근
펴낸이 | 송광룡
펴낸곳 | 문학들
등록 | 2005년 8월 24일 제2005 1−2호
주소 | 61489 광주광역시 동구 천변우로 487(학동) 2층
전화 | 062−651−6968
팩스 | 062−651−9690
전자우편 | munhakdle@hanmail.net
블로그 | blog.naver.com/munhakdlesimmian

ⓒ 한종근 2023
ISBN 979−11−91277−69−2   03810